曹冲称象

杨永青　绘

清華大学出版社
北京

图书在版编目（CIP）数据

曹冲称象 / 杨永青绘．—北京：清华大学出版社，2023.11
ISBN 978-7-302-64827-7

Ⅰ．①曹… Ⅱ．①杨… Ⅲ．①儿童故事－图画故事－中国－当代 Ⅳ．① I287.8

中国国家版本馆 CIP 数据核字（2023）第 205581 号

责任编辑： 李益倩
封面设计： 薛　芳
责任校对： 赵琳爽
责任印制： 杨　艳

出版发行： 清华大学出版社
网　　址： https://www.tup.com.cn，https://www.wqxuetang.com
地　　址： 北京清华大学学研大厦 A 座　**邮　　编：** 100084
社 总 机： 010-83470000　**邮　　购：** 010-62786544
投稿与读者服务： 010-62776969，c-service@tup.tsinghua.edu.cn
质量反馈： 010-62772015，zhiliang@tup.tsinghua.edu.cn
印 装 者： 小森印刷（北京）有限公司
经　　销： 全国新华书店
开　　本： 200mm×185mm　**印　　张：** 1
版　　次： 2023 年 11 月第 1 版　**印　　次：** 2023 年 11 月第 1 次印刷
定　　价： 15.80 元

产品编号：104191-01

杨永青

上海市浦东新区川沙镇人，擅长版画、中国画、图书插画，早年师从著名人物画家谢闲鸥先生，1952—1987年历任华东青年出版社、中国青年出版社、中国少年儿童出版社美术编辑、编审。创作儿童图书220余册以及数千幅插画，20余种儿童画册以多国文字在海外出版发行。曾获全国少年儿童图书评奖美术一等奖、中国版画家协会“鲁迅奖章”、国际安徒生奖提名等诸多荣誉。获国务院妇女儿童协调委员会颁发的“有突出贡献的儿童工作者”和关心下一代工作委员会颁发的“先进个人”等称号。作品被中国美术馆等多家机构收藏。曾任文化部儿童文学艺术委员会委员、中国美术家协会儿童美术艺术委员会主任、中国版画家协会第一届理事以及其他社会兼职十余项。

三国时期，东吴的孙权送给曹操一头大象。大象运到的这天，曹操和众大臣以及儿子曹冲兴致勃勃地来看这头从没见过的庞然大物。

“大象长什么样呢？”众人议论纷纷。

“这头大象像座小山一样啊！”曹操不禁发出赞叹。

众大臣围着大象走来走去，仔细打量，有的还伸出大拇指，啧啧称奇。

“瞧那象腿真粗！”

“那象鼻子真长！”

“那象耳朵比十把扇子都大！”

“这家伙有多重呢？”曹操好奇地问。

众大臣议论纷纷，一时半会儿想不出称量的办法。

有位将军走上前，抱住大象的腿。“这腿跟大石柱一样重！”将军累得头上直冒汗。

一位大臣建议道：“我们都用秤来量物体的重量。所以，要想知道大象的重量，必须得造一个巨大的秤才行。”

可是，这种秤怎么造呢？谁也不知道。

一位将军自信地说:“大王,我有办法。我们可以把大象分成一块一块的肉,然后分别量出每块肉的重量,加起来就是大象的总重量啦!”

“哈哈哈！”听完将军的话，众大臣大笑起来。怎么能为了称重量就把大象杀了呢，以后还要观看它表演呢？这真是个蠢主意。

曹操和众大臣想来想去，就是想不出一个合适的办法。

站在曹操身边的曹冲笑着说：“我想到一个办法！”

“大人们都没有好点子，你一个小孩儿能有什么办法！”曹操假装训斥道。

大臣们也纷纷笑着表示不信。

“你真能称出大象的重量？”曹操问道。曹冲走上前，在曹操的耳边悄悄地低语。

“哈哈！好！好！”曹操一听连连叫好，吩咐左右立刻准备称象，然后对大臣们说，“走！咱们到河边看称象去！”

曹冲让人把大象引到一条小船上。

大象在船上站稳后，曹冲登上小船，等船稳定了，他在齐水面的船身上用刀刻下一条线。

大象被人从船上引下来后，曹冲命人把石头搬到小船上。“船沉到我做标记的地方就可以了！”曹冲吩咐道。

大臣们睁大眼睛仔细看着，起先还摸不清是怎么回事，看到这里不由得连声称赞：“好主意！好极了！”现在谁都明白了，只要把船里的石头都称一下，把重量加起来，就知道大象有多重了。刚才带头取笑曹冲的将军红着脸来到曹操面前赔礼道歉。

不久，仆人们算出了所有石头的总重量。“殿下，结果出来啦，请过目！”仆人把计算单呈上来。曹冲说：“稍等，刚才我和大象都上了船，减去我的重量，才是大象真正的重量。”

“真是个聪明的孩子啊！”众大臣再一次称赞起来。曹操也为自己的儿子感到骄傲。